문학과지성 시인선 244

타오르는 책

남진우 시집

문학과지성 시인선 244
타오르는 책

초판 1쇄 발행 2000년 7월 5일
초판 4쇄 발행 2017년 6월 20일

지 은 이 남진우
펴 낸 이 우찬제 이광호
펴 낸 곳 ㈜문학과지성사

등록번호 제1993-000098호
주   소 04034 서울 마포구 잔다리로7길 18(서교동 377-20)
전   화 02)338-7224
팩   스 02)323-4180(편집) 02)338-7221(영업)
전자우편 moonji@moonji.com
홈페이지 www.moonji.com

ⓒ 남진우, 2000. Printed in Seoul, Korea

ISBN 89-320-1178-8 02810

문학과지성 시인선 244

타오르는 책

남진우

2000

시인의 말

어머니 젊으셨을 적
어느 여름날
단둘이 마주앉아 수박을 먹다가
문득 바라본 밤하늘

오늘
그처럼 문득 내 곁을 스쳐지나가는
아름다운 당신

2000년 여름
남진우

타오르는 책

차례

▨ 시인의 말

제1부

저녁빛

붉은 저녁해 창가에 머물며
내게 이제 긴 밤이 찾아온다 하네……
붉은빛으로 내 초라한 방안의 책과 옷가지를 비추며
기나긴 하루의 노역이 끝났다 하네……
놀던 아이들 다 돌아간 다음의 텅 빈 공원 같은
내 마음엔 하루 종일 부우연 먼지만 쌓이고……
소리 없이 사그라드는 저녁빛에 잠겨
나 어디선가 들려오는 울먹임에 귀기울이네……
부서진 꿈들……
시간의 무늬처럼 어른대는 유리 저편 풍경들……
어스름이 다가오는 창가에 서서
붉은 저녁해에 뺨 부비는
먼 들판 잎사귀들 들끓는 소리 엿들으며
나
잠시 빈집을 감도는 적막에 몸을 주네……

모래사나이

A candy-colored clown they call the Sandman
Tiptoes to my room every night
Just to sprinkle stardust and whisper
Go to sleep, everything is all right
——Roy Orbison, 「In Dreams」

밤이 오면
모래사나이가 온다네
스르륵스르륵 모래 흘러내리는 소리를 내며
조용히 방안으로 스며들어 온다네
내 잠자리 여기저기에 모래를 흘리며
그는 내게 잠들라 잠들라 속삭인다네
그토록 많은 모래가 내 방안에 차오르는 동안
창밖엔 흰 달이 고요히 숨을 거두고
무수한 신기루가 나타났다 부서지는 밤하늘
사람들은 다시 낙타를 몰고 먼 길을 떠나는 꿈을 꾼
다네
아득히 펼쳐진 모래언덕을 넘고 넘어
나, 모래사나이를 찾아 헤매지만
지평선 너머 저벅거리는 발소리만 들려올 뿐

부서져내리는 모래의 나날 속에서
나, 헛되이 모래사나이를 부르다 쓰러져 잠이 든다네

새벽녘 일어나 눈을 부비면
눈물처럼 손가락에 묻어나는
모래 알갱이 몇 점

11월의 마지막 날

어두워지면
그는 나타날 것이다 안개에 잠긴
벌판을 가로질러 돌과 나무를 다스리던
바람마저 잠든 뒤 지평선은 고요히
숲의 가장자리를 휘어감는다

아무도 없는 빈집에 불이 켜지고
그는 혼자서 밤늦도록 식사할 것이다 어디선가
묘비 없는 무덤가엔 수상한 그림자가 서성이고
아득히 멀리 기적 소리를 울리며 야간 열차는
지나간다 검푸르게 빛나는 철로가
어둠에 묻혀 사라진 어디쯤 그는
안개 속을 헤매며 걷고 있는 것일까

밤새워 읽는 두터운 책들
흩날리는 먼지 속에 떠오르는 고요한 문장들
지붕 위에 쌓여가는 바람에 묻혀 지워져갈 때
이 골목에서 저 골목으로 저 거리에서 이 거리로
그의 지친 눈빛이 지나간다 아득히 멀리
다가오는 기적 소리에 귀기울이며

이 밤 그는 다시
초라한 간이역 근처에서 어른거린다
깨진 유리창으로 스며드는 찬 기운에 몸을 맡기고
잠시 바닥에 흩어진 꽃다발과 휴지 조각을 바라본다

십일월의 마지막 날
어슴프레 밝아오는 빛과 함께
그는 사라진다 지상에 그가 남긴 것이라곤
몇 줄기 담배 연기와 희미한 발자국뿐
시든 담쟁이덩굴이 이슬에 떨고 있는 새벽길을 지나
그는 지평선 너머 깊은 밝음 속으로 떠나버린다

기다림

현기증 속에서
누군가 내게 불러준 문장을 따라 읽는다
마천루 물마루 위에 내리는 비
몸 속의 피가 빠져나가는 말간 어지러움 속에서
나는 잠시 몸을 돌려 세우지만
빈혈의 밤거리는 조용하다
누가 내게 그 문장을 불러주었을까
마천루 물마루 위에 내리는 비
내리는 빗속으로 우산도 없이 떠나는 사람들
몽롱하게 풀어진 어둠 위로 떠오르는 얼굴을 지켜
보며
나는 계속 중얼거린다
마천루 물마루 위에 내리는 비
드러나지 않는 세계의 비밀이 담긴 이 은밀한 문장
도둑고양이 한 마리 날쌔게 가로지르는
포장마차가 늘어선 거리를 지나 이 밤
내 피는 자꾸 흘러나가고 흘러서 먼 강에 이르고
고개를 들면 말라들어간 입술을 적시는 짠 빗방울
마침표도 없이 떠올라 내 귓가를 스쳐지나간 저 문
장의

행방을 나는 알 길이 없는데
문장 바깥엔 아무도 없고 다만
물 위에 떨어지는 물 소리뿐
술에 취한 사내 두엇 휘적휘적 사라진 짙은 어둠 속
다시 누군가 가만히 내 귀에 속삭인다
마천루 물마루 위에 내리는 비

타오르는 책

그 옛날 난 타오르는 책을 읽었네
펼치는 순간 불이 붙어 읽어나가는 동안
재가 되어버리는 책을

행간을 따라 번져가는 불이 먹어치우는 글자들
내 눈길이 닿을 때마다 말들은 불길 속에서 곤두서고
갈기를 휘날리며 사라지곤 했네 검게 그을려
지워지는 문장 뒤로 다시 문장이 이어지고
다 읽고 나면 두 손엔
한 움큼의 재만 남을 뿐

놀라움으로 가득 찬 불놀이가 끝나고 나면
나는 불로 이글거리는 머리를 이고
세상 속으로 뛰어들곤 했네

그 옛날 내가 읽은 모든 것은 불이었고
그 불 속에서 난 꿈꾸었네 불과 함께 타오르다 불과
함께
몰락하는 장엄한 일생을

이제 그 불은 어디에도 없지
단단한 표정의 책들이 반질반질한 표지를 자랑하며
내게 차가운 말만 건넨다네

아무리 눈에 불을 켜고 읽어도 내 곁엔
태울 수 없어 타오르지 않는 책만 차곡차곡 쌓여가네

식어버린 죽은 말들로 가득 찬 감옥에 갇혀
나 잃어버린 불을 꿈꾸네

책 읽는 남자

여기 한 그루 책이 있다
뿌리부터 줄기까지 잘 가꿔진 책
페이지를 넘기면 잎사귀들이 푸르게 반짝이며
제 속에 숨어 있는 나이테를 알아달라고 손짓한다

나는 매일 한 그루씩 책을 베어 넘긴다
피도 흘리지 않고서 책들은 고요히 쓰러진다
아니면 한 장씩 찢어 입에 넣고 오래 우물거린다
이 나무의 성분을 나는 짐작하지도 못하겠다

글자들의 푸른 잎맥을 따라가다가
간혹 벌레가 파먹는 자리를 발견할 때도 있다
비록 이 나무는 꽃도 열매도 맺지 못했지만
나름대로 시원한 향기를 뿜어내고 있다

여기 한 그루 책이 있다
책이 덩굴을 내밀어 내 몸을 휘감아오른다
무수한 문장들이 내 몸에 알 수 없는 무늬를 새기며
사방으로 뻗어나간다 아무리 베어내도
무성하게 자라오르는 책나무

책나무 속에 들어가 눕는다
내 속에 뿌리 뻗은 나무에서 일제히 날아오르는
저 눈부신 새떼

공포소설을 읽는 밤

너는 이미 붙잡혔다
책을 펼치는 순간
너는 낯선 어둠 속으로 끌려들어간다
곳곳에 도사리고 있는 덫과 올가미, 교수대와 전기
의자

모퉁이를 돌아서는 순간
피투성이 손이 너의 목을 조르고
골목을 나서는 순간
사악한 유령들이 네 살을 잡아 찢는다
공포 공포 공포에 일그러진 눈으로 바라보는 피의
물결

지금 막 어디선가 날아온 도끼 하나가
아슬아슬하게 네 머리를 스쳐지나가고
보이지 않는 어둠 저편
누군가 그윽한 음성으로 너를 유혹한다

입을 벌리지만 너는 외칠 수 없고
눈을 감지만 글자는 이미 네 눈동자에 찍혀 있다

책 속에서 튀어나온 숱한 괴물들이
책을 읽는 네 주위를 맴돌며
너를 손가락질해댄다

안락의자에 앉아 공포소설을 읽는 밤
영원히 풀리지 않을 저주가 퍼부어진다
아무리 페이지를 넘겨도 결코 끝나지 않는 기나긴 이야기가
피에 피를 물고 계속된다

책에서 스며나온 흥건한 핏물이
네 발등을 적시고 네 무릎을 적시고
마침내 네 온몸을 휘감아버릴 때까지

비행접시

1

오늘 내 식탁의 접시 위에 올려진
한 권의 책

딱딱한
씹을 수 없는
아무런 향기도 나지 않는
저 근엄한 음식

칼로 썰리지도 않고
수저나 젓가락이 파고들 수 없는 한 권의 책이
식탁을 무겁게 내리누르고 있다

2

책을 먹는다
경건하게 고개를 숙이고
조심스레 가장자리를 한입 베어문 다음
천천히 씹기 시작한다

입 속에 서걱거리는 낱말 몇 개만 남겨두고

다시 완강하게 닫히고 마는 책

한없이 작아지는 접시 위에서
책은 한없이 커져가고
책장이 반사하는 창백한 불빛만
사방 벽에 부딪혀 튀어오른다

　3
누군가 피로 썼다는 책을 펼친다
페이지마다 묻어 있는 피를 핥는다
피로 꾹꾹 눌러 썼을 글자들이 부릅뜨고
종이 위로 일어선다
피의 문신이 새겨진 몸뚱어리로
쉴새없이 학살과 거역의 외침을 내뱉는 책
읽어나가는 내 눈동자를 뜨겁게 달구며
알아들을 수 없는 소리를 내지른다

어느새
내 손에도 입가에도 붉은 피가 묻어 있다

4

책이 김을 뿜는다
부우연 안개 같은 책무리가 책을 감싼다
사각의 관 속에서
흐느적거리며 솟아오르는 저 망령들

저승에서 마악 돌아온
죽은 저자들이
산 자의 귓가에 은밀한 주문을 속삭인다
책을 버리고 책 저편 아득한 곳으로 자기와 함께 떠
나자고
아무리 읽어도 결코 도달할 수 없는
그런 세계로

죽은 저자가 뿜어내는 자욱한 입김을 헤치고
책 속으로 빨려들어가면
메아리처럼 들려오는 산 자들의 아우성

책 속으로 사라지며 남기는
또 하나의 책

5

오늘
내 식탁의 접시 위에 올려진 한 권의 책

들어올릴 수 없는
침묵으로 가득 찬
어쩌면 텅 비었을지도 모르는

책이
내 얼굴 위로 서서히 떠오른다 마술처럼
떠올라, 스윽

내가 그토록 찾아 헤맨 마지막 문장을 보여주곤
책은 식탁 너머 눈부신 허공 속으로
사라져버린다

랩소디 인 블루

밤의 식탁
파도 소리가 창문을 두드리는 어둠 속에서
너는 죽은 자들의 음식을 차린다

어슴푸레 빛나는 물잔과 둥근 접시들 사이
희미하게 떠다니는 웃음 소리와 속삭임들
시계 바늘이 가리킬 수 없는 시간 속에서
그들은 먹고 마신다

네가 백지 위에 말의 성곽을 쌓는 사이
그들은 식사를 하고 낮은 목소리로 노래를 부르고
이윽고 떠난다

매일 밤 되풀이되는 엄숙한 의식을
조용히 치르는 동안
창밖엔 잠시 비가 내리다 그치고
화분의 꽃들은 더욱 진한 향기를 피워올린다

파도 소리가 밀려와 부서지는 밤의 식탁
어둠 속에 몸을 파묻고

너는 그들이 마저 거두지 못한 말들을 주워
백지 위에 쌓는다

겨울 저녁의 시

1
저녁마다 우리집엔
안개와 함께 낯선 손님이 찾아온다
허름한 옷차림의 그는 먼 나라의 이상한 소식을 하
나씩 전해준다
철새들이 가로지르는 텅 빈 하늘엔 간혹
사랑하는 이의 죽음을 알리는 상형 문자가 나타났
다 사라지고
지평선은 푸르름을 지우며 조금씩 가라앉는다
그가 잔잔한 음성으로 말한 것들이 모두 땅거미 속
으로 스며들고 나면
아무도 없는 집은 정적으로 붐빈다

2
겨울, 대지의 관이 닫힌다
서리 내린 길 위를 허기진 개들이 어슬렁거리고
해시계는 더 이상 마을로 가는 길을 가리키지 않는다
죽은 자의 눈꺼풀을 쓸어내리며 다가오는 빙하기의
어둠
흰 눈송이들이 몰려와 내 의식의 빈터에 쌓이는

밤
나는 유리창 옆에 서서
어둠 저편에서 나를 기다리고 있는 그를 지켜본다

도서관에서의 기도

1

일찍이 한 철학자는
한 바구니의 책을 앞에 두고 다음과 같이 기도했다
—오늘도 우리에게 일용할 굶주림을 주시옵고

일용할 굶주림?
굶주림이라면 그것은 내게 너무도 충분하다
아무리 먹어치워도 질리지 않는 탐욕의 눈빛과
어둡게 입 벌리고 있는 머릿속의 허방

허겁지겁 굶주린 눈으로 먹어치우면
글자들은 텅 빈 머릿속으로 꾸역꾸역 밀려들어
잠시 북새통을 이루다
흔적도 없이 사라진다

2

책들이 달려든다
화려한 표지를 치켜세우고
현란한 광고 문구와 장엄한 저자 약력을 앞세우고
날 선 종이들이 사방에서 달려와

일제히 내 몸을 베고 찌른다
나를 읽어야 해 나를 읽어달라니까
책들이 아우성치며 내 몸을 타고 오른다
빽빽히 종이로 들어찬 몸이
책상 위에 머리를 처박고
다시 꾸역꾸역 종이를 삼킨다

—하늘에 계신 우리 아버지
　오늘 우리에게 책을 멀리할 수 있는 자만심을 주
시옵고

　　3
매일 한 바구니의 빵 대신
한 가마의 책이 하늘 어디선가 떨어진다
떨어져
오늘
내 앞에 버티고 서 있는 저 거대한 책더미
이를 갈며 아무리 먹어치워도 결코 줄어들지 않는
저 글자들의 산
죽은 나무의 무덤

길이 또 다른 길로 이어지듯
책은 또 다른 책으로 이어지고
그 끝없는 말의 거미줄을 헤치고 나아가다 보면
나는 어느덧 살진 거미 앞에 서 있다

4
지금 막 도착한
바구니를 들여다본다
아,
책 대신 누군가 띄워보낸 갓난애가
빙그레 웃고 있다

반가워 들어올리면
우수수 떨어져내리는 종이 뭉치들

겨울 저녁의 방문객

그날
둥근 식탁을 마주하고 우리는 앉아 있었다
밖엔 사나운 바람의 무리들이 계속 말 달려 지나가고
등잔은 희미한 빛을 유령처럼 비추고 있었다
창문이 흔들리며 신음하고 집은 사나운 바람에 떠
밀려
어디론가 계속 밤의 계곡 위를 지나가는데
누구인가 식탁을 마주하고 있는 그대와 나
우리말고 우리 곁에 있는 그는

그대는 이야기하고 있었던 것일까
사막의 신기루 속에 떠오르는 거대한
모래사나이의 모습을 혹은 북극의 오로라를 등지고
이리로 걸어오고 있는 한 남자의 그림자를
바람은 불고 집은 흔들리고 그는 우리 곁에 앉아서
그대 이야기를 듣고 있었다
시계가 자정을 가리키고 삐걱이는 계단을 밟고 누
군가
내려오는 소리 아득히 멀리서 수돗물이 한 방울씩
내 몸 속으로 스며드는 소리

그대와 나는 그날
늦은 저녁을 먹고 있었다 우리 곁에 있는 그는 조용히
우릴 바라보며 우리 이야기를 듣고 있었다
　저녁 공원에서 바람에 흔들리는 그네를 혹은 잠덧
하는 아이들이
꿈속에서 만나는 낯선 사람의 미소를
아니, 그대는 식탁을 치우며 말했다
지금 우리 곁에 누가 있는 걸까요

아무도 없지 닫힌 문을 확인하며
나는 말했다 이 방안엔 아무도 없어
이런 이야기를 하는 너와 나밖엔 아무도 없는 거야
그날, 저녁은 사나운 바람과 함께 오고
등잔의 심지를 줄이며 나는 휘파람을 불었다
아무도 없어 이 방안엔, 그대와 나
그리고 우리 곁에 없으면서 우리 곁에 있는
그말고는

그대는 기침하며 말했다

창문을 열어요 누군가 오고 있어요
그러나 밖은 사나운 바람의 무리들이 점령한 텅 빈
밤의 벌판일 뿐
그는 계속 우리 곁에서 우릴 바라보고
바람에 금방이라도 부서질 듯 집은 덜컹거리고

누군가 실로폰을 두드리듯 잠자는
우리 귓속에 푸른 음악을 부어넣고 있었다
어쩌면 그는 없었던 것인지도 모른다 그는 다만 내
가 지어낸
하나의 이야기에 지나지 않을 뿐
나와 그대 사이 건너갈 수 없는 시간의 저편에서
우리의 모습을 엿보고 우리의 말을 엿듣는
그는 어쩌면 환영에 불과할지도 모른다

그러나 그날 저녁
식탁가에는 세 개의 의자가 졸고 있었다
희미한 등잔 불빛 아래 점점 넓어지는 방안
그가 앉았다 일어난 자리에 떨어져 빛나고 있는
창백한 머리카락 한 점

무한 속으로
——르네 마그리트를 위하여

지금 막
유리창을 스쳐지나가는 저 새는
구름 너머 먼 하늘로 날아가는 것이 아니다
유리창 속으로 한없이 파고들어오는 중이다

눈부실 정도로
작고 가벼운 몸으로
투명한 유리창을 파고들어오는 저 새의
가녀린 몸부림

새의 부리질에
유리창엔 보이지 않는 금이 가고
이제 한 점으로 응축된 새는 조만간
쨍, 소리와 함께
방안으로 뛰어들 것이다

새 한 마리
유리창 속으로 완전히 사라졌다

영원의 풍경
—— 르네 마그리트를 위하여

빛 속으로 저무는 바다
바다 위로 새 한 마리 이제 막 날개를 편다
날아가는 새의 몸 속에 환히 비치는 하늘
바람을 가르며 이제 막 날개를 치켜든 새의 한없이
투명한 몸
새의 몸 속에 흰구름이 떠가고
잔잔한 바다는 돌처럼 굳어갈 차비를 마친다
수면 위로 돌을 굴리듯 파도가 일어난다 물보라가
허공에 조약돌을 튕겨올리며
새의 몸 속으로 밀려들어온다
새는 두 발을 나란히 내밀어 허공을 움켜잡을 듯 제
치며
눈부신 빛 속으로 꺼져들어간다
사라진 새의 투명한 몸이 떠 있는 바다
흰구름이 새의 몸을 빠져나와 바다 위를 한가롭게
가로지른다

없는 새가 화면을 가득 채우고
바라보는 내 눈 속으로
희미한 파도 소리를 밀어보내고 있다

환

봄밤
내 몸 밖으로 붙잡을 수 없는
기호들이 흘러다닌다

새의 부리 끝
어떤 지저귐이 이제 막
떠올라

내 고막에 둥지를 지을 때

들리지 않는
보이지 않는 속삭임 혹은 빛이
상처처럼 환하다

제 2 부

달은 계속 둥글어지고

그대는 수박을 먹고 있었네
그대의 가지런한 이가 수박의 연한 속살을 파고들
었네
마치 내 뺨의 한 부분이 그대의 이에 물린 듯하여
나는 잠시 눈을 감았네

밤은 얼마나 무르익어야 향기를 뿜어내는 것일까
어둠 속에서 잎사귀들 살랑거리는 소리 들으며
나는 잠자코 수박 씨앗을 발라내었네
입 속에서 수박의 살이 녹는 동안 달은 계속 둥글어
지고
길 잃은 바람 한 줄기 그대와 나 사이를 헤매다녔네

그대는 수박을 먹고 있었네
그대가 베어문 자리가 아프도록 너무 아름다워
나는 잠시 먼 하늘만 바라보았네

족장의 가을 1

그들은 차례대로 바다를 토막내
가방에 담은 뒤 수평선 너머 먼 나라로 떠나버렸다
부우연 바다가 있던 자리에 아직도 떠 있는
다 삭은 배 한 척, 족장은 아침 식사로
새로 잡혀온 포로의 간을 씹는다

연금술사들이 화덕 앞에서 금을 굽는 동안
핏빛 비가 내려 마을을 붉게 물들이고 내실 깊숙이
후궁들은 서로 뒤엉켜 땀을 흘린다
다시 학살의 하루가 저물고

족장은 미소짓는다
자신의 착한 신민들이 전부 꿇어 엎드려
목을 기일게 내밀고 있기에, 지금 막
부락을 빠져나가는 바람에 섞인 그윽한 피 냄새

망나니가 한 번씩 칼을 휘두를 때마다
목 없는 시체 위에 다시 시체가 쌓인다
담벼락을 따라 데굴데굴 구르는 머리통들
또 한차례 시체를 가득 실은 달구지가 지나가고

왕궁은 완강히 문을 닫는다

개들도 얼씬 않는 밤거리를
족장 홀로 광포하게 웃으며 헤매다니고 있다
헝클어진 머리칼 너덜거리는 옷자락을 펄럭이며
미친 듯이 하늘의 달을 좇아
어두운 밤거리를 내달리고 있다

족장의 가을 2

흑사병이 번지고 있다
집집마다 불을 끄고 문에 짐승의 피를 칠해야 한다
골목을 누비는 검은 쥐들이 문턱을 넘기 전에
세 번 두드려도 아무 대답이 없는 집은
횃불을 던져 태워버려야 한다

곳곳에서 살이 썩어들어가는 냄새와
불결한 땀 냄새 피 냄새 뒤섞여 질척하게 흐르는 밤
소리 없이 전단은 뿌려졌다 거두어지고
검은 두건을 쓴 낯선 무리가 말을 타고
거리를 휩쓸고 다닌다

흑사병이 번지고 있다
재와 연기 속에서 사람들은 뒤엉켜 싸우고
죽은 자의 몸에서 스며나온 검은 물이 웅덩이에 고
인다
서둘러 문을 잠그고 창녀와 세리들의 입에
재갈을 물려야 한다

이제 신탁은 사라지고

사람들은 낯선 방언만을 주고받는다
황폐한 땅 위로 무섭게 번져가는 무성한 소문들
타오르는 불길로 모두 잠재워야 한다

보라, 마을을 태우고 시가지를 태우고
왕궁 가까이 다가오는 성난 불길
홀로 망루에 올라 술을 마시며 바라보면
저 멀리서 검은 두건을 쓴 낯선 무리가
불길을 몰고 이리로 오고 있다

초록 달팽이의 길

벽돌담을 타오르는 초록 달팽이
담쟁이덩굴이 뻗어나간다 무더운 여름의
무서운 초록 끈적이는 초록 달팽이의 길

붉게 익은 벽돌담을 초록빛으로 덮으며
담쟁이덩굴이
나의 기억 속으로 밀려들어온다
내 입 안에 식도에 뱃속에 가득 찬 달팽이
무리지어 식탁에 오르고 잠자리에 기어드는

담쟁이덩굴이 끈질기게 나를 휘감는다
기억 속의 집을 무너뜨리고
담쟁이덩굴이 초록 세상을 세운다
쉴새없이 뻗어나가는 달팽이의 내습

기다려라 기다려
내 시선이 머무는 곳 어디서나 달팽이가 웅크리고
있으니
죽음의 습기를 내뿜는 저들이
담장 속으로 스며 사라지기까지

나는 잠자코 지켜볼 뿐

붉은 벽돌담 위로 번져가는
저 무성한 초록빛 암세포 무더운 여름의
무서운 초록

비단길
——「돈황의 사랑」, 그 아득한 추억

사막이 운다
길고 긴 밤바람에 모래들이 운다
거대한 모래언덕이 출렁이며 끝없이 펼쳐진
환한 달빛 아래 고요한 세계

고요한
어둠 속을 사자가 간다
멀고 먼 나라의 法을 찾아서
들리지 않는 좁과 볼 수 없는 像을 찾아서
마음속의 부처를 찾아서

끝없이, 그래 너무도 끝없이
우리는 모두 가고 있다 광화문 네거리
맑게 튕겨 울리는 옛 악기의 진동 소리에
문득 날아오르는 것은 천녀의 옷자락인가
한 마리 흰 나비인가

혜초여 탈을 쓰고 추는
북청사자의 고독한 춤이여
아득한 옛적의 서역에서 지금 이곳까지

우리는 모두 외롭다
우리는 모두 외롭다고 속삭인다
나팔꽃처럼 시든 아내를 안고

환한 달빛에 쓸리는 사막의 길을 걸어
우리는 오늘도 쇠침대에 눕는다
썰렁한 전세 단칸방에 눕는다

이 밤 한줌 흙덩이 지구는 막막한
은하계 어느 한구석을 떠돌고
우리는 모두 섬이 되어
저마다 외롭게 돌아눕는다

모래구름 아래서

1
나는 일찍이 모래구름을 상상했다 날이 흐리면
물방울 대신 지상에 모래를 뿌리고 가는 구름을
모래비가 한번 스쳐지나고 나면
그 어떤 마을도 도시도 모래로 뒤덮여 사라지고 마
는 것을

모래에 갇힌 채
집들이며 거리는 폐허가 되어가고
길 가는 이들 또한 화석처럼 굳어 선인장이 되는 것을

2
수천 년의 세월이 흐른 후
깊은 밤 잠 못 이루는 그대는 들을 것이다
우리의 도시 저 밑에서
모래사람들이 우는 소리를 서서히
모래 흘러내리는 소리와 함께 집들은 조금씩 가라
앉고
그 아래 어둡게 입 벌린 모래바다
무수한 모래 알갱이들이 들끓으며 일어나는 소리를

수천 년의 세월이 흐른 후 한 고고학자에 의해
모래에 파묻힌 옛 터전이 파헤쳐져 드러날 때
그대는 보게 될 것이다 땅속 깊숙이 매장된 시신들이
고스란히 모래를 털며 일어나 우리를 향해 걸어오
는 것을
부스스 웃으며 손 내미는 것을

　　3
모래비가 내린다 지금 이 순간
내 혀와 입술에 와 닿는 이 꺼끌꺼끌하고 단단한 빗
방울
모래는 샘을 채우고 거리를 뒤덮고
온 도시를 부우연 모래로 씻어내린다
하늘 가득 묵직히 드리워진 모래구름에서 쏟아져내
리는 비
모래비가 내 발목을 적시고 무릎을 적시고
끝내 목 위로 차오르며 나를 덮는다

아, 나는 이렇게 모래 속에서 지워져간다

항아리 속의 시인
── 알리바바와 사십 인의 도둑을 위하여

항아리는 고요하다
눈부신 달빛 아래 묵묵히 침묵하고 있다

지금 저 항아리들 속엔
사십 인의 도둑이 숨어 있다
저마다 잔뜩 웅크린 채 숨죽이고
바깥에서 신호가 떨어지기만을 기다리고 있다

깊은 밤 칼을 빼들고 집 안으로 쳐들어와
사정없이 우리의 목을 베어갈 악당들이
항아리 속에서 손톱을 깨물며 견디고 있다
사십 개의 항아리가 일제히 부서지는 순간
집 안 가득 번져나갈 함성과 비명 소리

항아리는 고요하다
아무런 움직임도 없이 어둠 한가운데서 기다리고
있다
신호가 떨어져 어떤 부스럭거림이라도 일어나기를
잠자는 사람들이 모두 놀라 깨어 일어날 수 있기를

서서히 항아리가 떠오른다
반짝반짝 빛나는 사십 개의 항아리가
허공에 떠올라 달빛을 빨아들인다
항아리 속에서 익어가며 그윽한 술내음을 풍기는
달빛
밤이 깊어갈수록 항아리 속엔 술이 차오르고

신호가 와도
술에 곯아떨어진 도둑들은
세상 모르고 자고 있다

항아리에 대한 단상

1
항아리 속으로 들어간다
머리부터 처박고 온몸을 밀어넣는다
캄캄한 항아리 속 미끈거리는 어둠을 헤치고
서서히 저 바닥 없는 바닥을 향해 내려간다

2
온몸이 잠겨도 항아리 속은 고요하고
손을 휘저어도 벽은 닿지 않는다

이 항아리는 얼마나 큰지
아무리 걸어도 발 닿는 곳이 없고
이 항아리는 얼마나 깊은지
들이쉬고 내쉬는 숨소리 따라 머리 위
반짝이는 별들이 일제히 켜졌다 꺼진다

3
항아리 속으로 떨어져내리며 나는
항아리 바깥을 꿈꾼다
항아리를 품고 있는 더 큰 항아리를

그 항아리를 품고 있는 더욱더 큰 항아리를
커지고 커져 우주를 가득 채운 항아리를

지금
하품하는 내 입 속에 들어찬 항아리를

    4
나 이제껏
하루 하나씩 항아리를 먹어치웠으니
내 뱃속은 항아리들로 덜그럭거린다
그들이 굴러다니며 부딪칠 때마다
뱃속에서 항아리가 하나씩 부서져나간다

항아리를 먹어치운 항아리인 내가
항아리 속으로 곤두박질친다

아!

    5
이윽고

머리부터
항아리 바닥에 부딪혀
산산이 깨져나갈 때
온몸이 조각나
사방으로 튕겨나갈 때
나는 듣는다
항아리 바깥이 항아리 속으로
쏟아져들어오는 소리를

앵무새에 관한 명상

1

말을 잃은
앵무새 한 마리
횃대 위에 앉아 나를 내려다본다
푸른 눈을 뜬 채 내 속을 깊숙이 들여다본다
박제된 몸 안에 가득 차 있을 솜과 지푸라기
앵무새가 부리를 벌려 주절댈 때마다
내 입에선 낯선 말들이 소리 없이 흘러나온다

넌 이미 끝났어…… 넌 끝이야…… 끝이라니까

2

그 옛날 난 앵무새 한 마리를 기른 적이 있다
수많은 날들 동안 앵무새는 자신의 말을 잃고
내 말을 대신해주었다

그러나 이제 그 새는
횃대 위에 앉아 다만 흘러가는 시간을 바라보고 있
을 뿐
희뿌연 먼지에 뒤덮여 퇴색해가고 있을 뿐

잠자는 내 귓가에 앵무새가
쉿소리를 내며 외친다

넌 이미 끝났어…… 넌 끝이야…… 끝이라니까

  3
  잠속에서 나는 앵무새로 가득 찬 숲으로 걸어들어
간다
  가지마다 노랗고 붉고 흰 앵무새들이 앉아
  뚫어지게 나를 쳐다본다
  저들이 날개를 펼치고 일제히 떠들어대면
  내 귓속엔 어떤 해일이 밀어닥칠까
  나뭇잎 바스락거리는 소리조차 없는
  어두운 숲, 발걸음을 멈추자 사방에서
  앵무새가 외치기 시작한다

  ……………………………
  ……………………………
  ……………………………

앵무새 깃털을 입에 문 채
나는 잠에서 깨어난다

   4
앵무새가 내 꿈속을 날아다닌다
박제된 몸을 가볍게 펼치고 앵무새가
 내 머리맡을 맴돌며 끊임없이 잃어버린 말들을 주
워섬긴다

 사람의 말을 버리고
 앵무새의 말을 되찾은 죽은 앵무새가
 꿈속에서 자신의 말을 따라하라고
 내게 명령한다

가까스로 입을 벌려 말해보아도
새어나오는 것은 불완전한 말의 부스러기뿐
횃대 위에 앉아 눈만 멀뚱거리고 있는 나를
비웃음 가득 머금은 얼굴로 지켜보는 앵무새

5
누군가 녹슨 열쇠로
내 입을 비틀어 연다
목구멍을 열고 그을음 가득한 폐를 열고
내 심장을 연다

내 몸 한가운데
조그만 새장 속에 갇힌 새를
조용히 어루만지는
누군가의 손

기침

내 심장은
석탄기 지층 속에 묻혀 있다
조개 화석으로 굳어 있는 심장이
하루 이틀 사흘…… 일생을 견딘다
몸 한켠에 웅크리고 있다가도
건조한 바람이 불면 쿨룩거리는
기관지를 타고 심장은 이동한다
내 몸 속의 대륙을 둥둥 떠다닌다
큰 지진과 함께 어느 순간
가슴을 헤치고 해처럼 눈부시게 떠오를
그날을 기다리며 심장은
오늘도 지층 밑에서 고요하다

솔라리스*

우주선을 타고 갈 수 있는 곳은 아니다
혹성 솔라리스
내 마음속의 불꽃이 하나씩 꺼져갈 때
우주 저편에서 홀연 빛을 내고 타오르는

그곳에선 낯익은 손님의 방문을 받게 되지
두려워 떨며 잊고 싶은 기억 속에서 악착같이 찾아
오는
오 견딤이란 얼마나 끔찍한 시험인지
아무리 돌려보내려 해도 이윽고 돌아오고야 마는

저들은 우리 내면에 드리워진 그림자
죽은 어머니 자살한 연인 버려진 아이
부글부글 끓는 용암 위로 끝없이 금속의 비가 내리
는 그곳
한시도 쉬지 않고 머릿속에서 이글거리는
그림자와 싸워야 하는 그곳

솔라리스
솔라리스

무거운 기억을 두 손에 들고 우주 정류장에 내린다
부우연 노을 같은 빛이 가득 들어찬 회랑을 돌아
금간 거울 앞에 선다

키보드를 두드려 지울 수 있는 과거란 없다
지난 죄과들이 차례로 끌려나오는
영혼의 법정에서 나는 혼곤한 잠에 빠진다
광막한 바다에 저장된 위험한 신호들
불켜진 뇌세포를 들여다보고 있는 무표정한 얼굴들

저 멀리 재로 가득한 머리칼을 흔들며
환영처럼 바닷물이 흘러들어온다 내 귓바퀴를 넘어
몸 속으로 흘러들어오는 짜디짠 바닷물
물 밑으로 가라앉아가며 나는 조그맣게 불러본다

솔라리스
내 사랑

* 솔라리스: 폴란드 작가 스타니슬램이 쓴 SF소설. 타르코프스키에 의
  해 영화화되었다.

유리병에 담긴 소식

유리병에 소식을 적어 바다에 띄운다
자고 일어나면 어느새 문지방에 도로 밀려와 있다
상어의 잇자국과 폭풍우가 머물다 간 흔적이 남아
있는 유리병
어둠의 물살이 핥고 지나간 자리에 서서
나는 담배를 피우고 조간 신문을 주워든다

한때 망명 정부를 세우겠다는 계획을 세운 적이 있다
얼마나 많은 정부가 백지 위에 세워졌다 쓰러졌던가
유리병에 담긴 편지를 구겨버리고
창밖을 가로질러 날아가는 새떼를 바라본다

시계의 초침과 분침이
내 심장과 머리를 분할한다
서류와 잡담 사이
유리병은 떠올랐다 다시 가라앉고

하루 종일 책상 앞에서 나는 긴 편지를 쓴다
아무도 내게 소식을 전하지 않았으므로
나는 끊임없이 소식을 적어 유리병에 띄워보낸다

그 어디에도 없는 누군가에게 가 닿기를 기다리며

깊은 밤 아득히 멀리
유리병은 떠내려간다 내 꿈에 실려
유리병은 부서져나간다 숨겨진 암초에 부딪혀
물에 젖어 서서히 지워지는 글자들의 바다
잠이 깨면 얼룩이 진 종이 조각 하나만
내 문지방에 걸려 있다

저 짐승

책을 읽다가 무심히
비행기 창 바깥을 내다보니
뭉게뭉게 피어난 구름이 으르렁거리며
금방이라도 달려들 듯 몸을 일으키고 있다
사자의 머리에 곰의 몸통 호랑이의 꼬리를 한 짐승이
쇠망치 같은 앞발로
단숨에 비행기 허리를 부러뜨리고
좌석에 앉아 있는 나를 한입에 삼켜버릴 것 같은 눈
초리로
뭉게뭉게 피어나 다가오고 있다

나는 저 짐승을 알고 있다
아득한 옛날 어머니 뱃속에서 세상의 소음을 엿듣
던 날들부터
무덤처럼 고요한 비행기를 타고 세상 위를 나는 지
금까지
밤이면 잠속으로 찾아오던 저 사나운 무리를
나는 알고 기억하고 있다
내 몸을 헤집고 내 피의 마지막 한 방울까지 핥아먹
던 저 짐승이

오늘 이 높은 하늘까지 나를 따라왔다
한걸음 다시 한걸음 허공을 기어 점점 가까이 오는
뭉게구름 속의 짐승들

곧 착륙 예정이오니
안전벨트를 점검해주시기 바랍니다
책을 덮고 안내 방송의 목소리에 귀기울이다 문득
다시 창밖을 보면 벌써 저만큼 멀어진
구름 속의 짐승이 형형한 눈빛으로
아직도 나를 노려보고 있다

먼지 속의 속삭임

먼지의 세월이었다
어디서나 먼지가 날아올랐고 손에 닿는 무엇이든
먼지가 되어 부서져내렸다 먼지 속에서
먼지를 마시며 먼지로 되어가는

거리엔 먼지만큼 많은 사람들이 들끓었고
먼지가 두텁게 쌓인 서류철엔
조만간 먼지가 될 글씨들이 촘촘히 박혀 있었다
먼지, 먼지의 세월이었다

모자를 털고 옷과 구두를 털고
사람들은 집에서 거리로 거리에서 직장으로
바쁘게 움직였다 먼지가 되기 싫은 표정으로
한입 가득 먼지를 물고서

티브이를 켜도 화면 가득 먼지가 직직거리고
신문을 펼치면 부우연 먼지가 자욱이 피어올랐다
먼지에 덮인 음식을 먹고 먼지 쌓인 침대에서
먼지끼리 서로 부둥켜안고서 필사적으로
우린 더 이상 먼지가 아니야 되뇌면서

먼지의 세월이었다
춤추는 먼지 속을 연신 쿨룩이며 사람들은
지나갔다 부지런히 먼지를 토해내며
사방 가득히 안도의 속삭임이 들려왔다

먼지 속에서
먼지뿐인 죽음이 만져졌다

주사위 놀이

주사위를 던져라
세상의 종말이 닥쳐오기 전에
두 개의 주사위가 허공에 그려내는 운명의 곡선을
지켜보라
땅 위에 떨어지며 주사위가 알려주는 신호들

네 손을 떠난 주사위가 홀연 허공에서 피워올리는
불꽃
하나 둘 셋 넷 다섯 여섯
숫자를 합해보고 나눠보고 그러다 어느덧
세상의 종말은 닥쳐오리라

해일이 휩쓸고 가고 지진이 머물렀다 간 자리
헐벗은 사람들이 머리를 맞대고
자신의 운명을 희롱한다
낙관도 비관도 아직 이르다
끝없는 황야 별마저 사라진 이 밤
횃불 아래 이글대는 얼굴 얼굴들

주사위를 던져라

산산이 흩어지는 숫자를 따라 날아가는 네 운명을
지켜보라
　　주사위가 땅에 떨어지기도 전에
　　네 운명의 비밀이 드러나기도 전에, 보라
　　세상의 종말이 우리를 찾아왔다

새

새 한 마리
내 머릿속에서 노래부르고 있다
그만둬! 닥치라니까! 아무리 고함쳐도
매일 낮 매일 밤 내 머릿속 그 자리에서
잎사귀를 젖히고 가지를 건너뛰며 노래하는
새 한 마리

아무리 죽이려 해도 죽일 수 없고
귀를 막으면 오히려 더 선명히 들리는
그러다 어느 날 불현듯 들리지 않기라도 하면
이상스레 그리워지는 내 머릿속의
새 한 마리

제3부

정오

새가 사나워지는 것은
내 피가 점점 뜨거워지기 때문이다

새가
하늘 높이 솟아오를수록
내 피는 조금씩 말라간다 이윽고
새가 내 시선을 끊어버린 채
허공 깊숙이 증발해버리면

나는 내 피의 넝쿨 가득히
환한 죽음을 꽃피운다

장님 행렬

내 입은 모래와 먼지로 가득 차 있다
입을 벌리면
낯선 말들이 연기처럼 새어나온다
내가 말하고자 하는 것은
내 혀에 박힌 가시를 뽑아달라는 것

내 눈은 소금 눈물로 쓰라리다
눈을 떠보아도
광막한 사막이 끝없이 펼쳐져 있다
내가 진실로 원하는 것은
내 눈에 박힌 돌을 뽑아달라는 것

더듬거리며 우리는 나아간다
도처가 절벽이다

불면

모래시계 속에서
모래 대신 내 핏방울이 떨어지고 있다

너무도 선명한
핏방울의 초침 소리가
낭하를 울린다

점점 조여드는 투명한 벽 한가운데
나는 누워
내 심장에 쌓인 모래가 조금씩 줄어드는 것을
그래서 온몸이 연기처럼 푸르러지는 것을
바라보고 있다

마지막 핏방울이
톡
내 이마를 두드리며 떨어져내린다

나무 뿌리는 힘이 세다

아무리 잘라내도
꿈틀거리며 다시 뻗어나가는
나무 뿌리들

피 냄새를 좇아
축축한 흙 속을 더듬어 내려가는
저 음험한 파충류의 무리

어두운 지층 밑
푸르른 샘물을 지척에 두고
나무 뿌리는 서로 뒤엉켜
멍들도록 싸운다

한없이 깊고 어두운 나날들!

정육점의 시인

죽은 자들의 혀가
일렬로 늘어서 있다
저 혀들이 지껄이는 말을 참을 수 없다
정육점에 매달린 검붉은 고깃덩이에서 스며나오는
스며나와 내 머릿속에 고이는
흥건한 핏물

주름진 이마를 쥐어짜면
피에 물든 아름다운 말들이
줄줄이 흘러나온다

은빛 달팽이의 추적

빛과 어둠의 경계선에서 그는 움직인다
여름밤 풀밭 사이로 난 오솔길을 가로질러
눅눅한 대기를 밀고 나아가는 달팽이 한 마리
짧은 뿔로 어둠을 휘저으며 그는 지금
아득한 전생의 바다를 건너고 있다
비에 젖은 잎사귀들이 그 앞에 있다
그는 나아가는 것일까 아니면 끌려가는 것일까
바람이 불어도 그의 긴 항해는 끝나지 않는다
그의 고독은 그의 무기
안정된 것은 어둠뿐이다
그가 지나가고 있기에 모든 것이 흔들리고 녹아 없
어진다
빛과 어둠의 경계선에서 그는 꿈틀거린다
보라, 그의 뿔이 말해주는 것을
그는 이제 지상에 있지 않다
저 은하계 저편 별과 별 사이
짧은 뿔을 흔들며 나아가고 있다

유적지

창살 사이로 스며든
저물녘 마지막 햇살이 차갑게
내 이마를 적신다

멀리서 들려오는 눈먼 거지의 손풍금 소리와
하얗게 센 눈썹 위로 떨어지는
선사 시대의 바람소리

발 밑의
바퀴벌레 한 마리 곰지락거리며
식판에서 떨어진 차디찬 밥알을 주워먹고 있다

가끔씩 떠오르는
내 마음의 지하 감옥

화려한 유적

비 내리는 시월 오후
붉게 타오르는 담쟁이 넝쿨이
잿빛 건물을 휘감고 있다

일층 행복비디오
이층 카페 숲속의 빈터
삼층 건국기원
사층 소망교회

그을음도 내지 않고 타들어가는 벽에 매달려
담쟁이 넝쿨이 뿜어내는 불길한 불길

일층 유리문이 열리고 닫힐 때마다
작은 종소리 울려퍼지고
담쟁이 넝쿨도 따라서 붉은 이파리를 흔든다

우산을 들고 그 앞을 지나가는 사람들
뜨거운 기운에 놀라 한 번씩 하늘을 쳐다보고
그때마다 담쟁이 넝쿨은 더욱 붉은 화염을
허공으로 쏘아올린다

오래 연옥의 시절을 맞아
스스로를 태우고 있는 담쟁이 넝쿨
비를 맞아도 꺼지지 않는 불길이
슬프게 타오르고 있다

겨울 저녁의 예감

유리창에 가늘게 금이 가 있다
새 한 마리 흰 눈 덮인 숲을 가로질러 나는 동안
집은 짙어오는 땅거미에 점점 지워져가고
나는 식탁 옆에 앉아 거실 저편
텅 빈 풍경을 바라본다

저녁 여섯시 반
마을이 어둠의 깃 안에 몸을 눕히는 시간
저문 하늘을 담은 유리창에 그어진 금
목이 마른 나는 손을 뻗어 식탁 위 유리잔을 잡지만
이미 그곳엔 회미한 공기의 떨림뿐

새는 유리창을 파고들어 내 귓속에
금속성 몇 방울을 떨어뜨리고 미세하게
번져가는 유리창의 균열을 타고
전화선을 오가던 목소리들이 섞여든다

누군가의 눈빛이 유리창에 머물러 있다
흔들리는 창 흔들리는 방 흔들리는 집
싸늘히 식은 몸 속을 가로지르는 물의 흐름이

의식 속에서 가물거리다 멀어질 때
다시 천천히 울리는 전화벨 소리

손을 뻗어 방 전체로 번져가는 외침을 부여잡지만
이미 그곳엔 뚜⋯⋯뚜⋯⋯거리는 통화 정지 신호뿐
유리창에 그어진 금을 타고 밀려오는 어둠에
서서히 지워지는 거실 안 풍경들

내 귓속 이명처럼 울리는
겨울 저녁, 먼 고장의 눈사태 소리

지구 최후의 날

지구 최후의 날
지구는 오히려 평안하다
인간들이 모두 외출해버린 땅 위에
풀과 나무들 짐승들이 정답게 어울리고 있다
넘치도록 다사로운
햇살 아래 졸고 있는 미풍

옛 책에 이르기를
하나님 보시기에 심히 좋았더라

달

차가운 돌 속에
박혀 있는 물고기뼈
너는 어디를 향해 헤엄쳐가려 하느냐

메마른 빛이 돌을 부수고
돌 속에 갇힌 네 뼈마디에 전류처럼 흐를 때
갈기갈기 찢겨 지상을 헤매고 있을
어느 바람이 네 지느러미를 되돌려주랴

은가루 날리는 어둠 속을
날아오르는 자
너 위대한 물고기여

피를 부르는 청동 불꽃
──정과리 형에게

밤이 새도록 피를 부르는 무리가 있다
깊은 밤 내 집 문을 두드리며
피를 다오 피를 다오 외치는 무리가 있다

오 나는 피가 없어
단 한 방울의 피까지 다 말라붙었어 하소연해보지만
그들은 내 집 문을 부수고 담을 타넘고
내 속으로 기어들어온다

숨이 찬 내가 헐떡이며
이 방에서 저 방으로 다락에서 지붕으로 달아나봐도
피에 굶주린 악귀들은 끈질기게 쫓아와
밤새도록 살을 뜯어먹고 뼈를 씹으며
내 몸 속을 뒤진다

아우성치며 솟구쳐오르는 피를 찾아 헤매는
저 사나운 눈빛 날카로운 이빨들
어디에도 없는 피를 찾아
아무리 내 몸을 갈기갈기 찢고 찢어도 스며나올 거
라곤

말라붙은 뼈의 진액뿐

썰물처럼 그들이 빠져나가고 나면
나 또한 피를 찾아 헤매는 유랑민 되어
텅 빈 몸을 이끌고
그들이 흘리고 간 피의 자취를 좇아 어둠 속을 달린다

머리 둘 곳을 찾아

비명이
입에서 활짝 피어나는 꽃이라면
내 몸은 무수한 비명의 뿌리가 우글거리고 있는 늪
지대

피와 고름 주머니인 육체를 이끌고
오늘도 비명은 머리 둘 곳을 찾아 헤맨다

자정

밤
몸 속에 저장된 석탄이 조금씩 녹아내려
바깥으로 새어나온다

납골당처럼 텅 빈
내 두개골에 음울하게 와 부딪는
조종 소리

차가운 눈

그대 눈빛이 닿으면
모든 것이 얼어붙는다 흐르던 물도
불어가던 바람도 허공에서 춤추던 먼지도
일순 차갑게 정지한다

그대 눈 속에 펼쳐진 백야
하얀 밤의 그 타는 듯한 추위가
시선에 붙잡힌 모든 것을 붙잡고 얼린다
눈빛이 지나간 자리마다 성에가 반짝이고
눈보라가 싸늘하게 쇠사슬을 채운다

세상의 첫새벽부터
지상의 마지막 밤까지 걸어와
오늘 내 앞에 선 그대여
그 눈빛 그대로 나를 바라보아다오

발끝부터 머리끝까지
서서히 얼어붙어가는 이 몸을
나는 그대에게 바치련다

그대 눈빛이
너무 깊숙이 내 안을 가르고 들어와
마침내 온몸이 산산조각난 얼음으로 흩어질지라도
흩어져, 차가운 눈으로 흩날릴지라도

멀리 먼 곳에서

죽음은 멀리서 온다
멀리서
아주 먼 곳에서 그는 어둠을 데리고 온다

일순,
조용하던 마을에 갑자기 개가 짖기 시작하고
바람이 유리창에 모래와 먼지를 끼얹는다
죽음은 이미 현관을 지나
계단을 오르고 어느덧 문 앞에 와 있다

멀리서 온 죽음은
검은 가방에서 두툼한 서류를 끄집어낸다
오 내가 지불해야만 할 저 미지의 청구서들

죽음은 내 눈을 감기고
내 입을 틀어막고 가냘픈 숨결을 마저 불어 끈다
차디차게 식어가는 내 몸을 떠메고 이 밤
죽음은 다시 먼 길을 떠나리라

문이 닫히고

불이 꺼지고
누군가 소리 없이 내 곁에 다가왔다
물러나는 기척

이 밤
벌판의 끝으로
불빛 한 점 가물거리며 멀어져가고 있다

저무는 거리에서

저녁
단순한 장정의 책 표지를 들추듯
다가오는 어둠

읽을 수 없는 표정으로 저녁은 내 앞에 놓여 있고
페이지를 넘길 때마다
검은 글자들이 부스러져 지면 바깥으로 떨어져내린다

앙상한 가로수를 흔들며 저 멀리
태풍이 다가온다는 소식
하지만 아파트 상가는 수족관 내부처럼
여전히 고요하다

이십사 시간 편의점 옆 세탁소 옆
도서 대여점 옆 비디오 가게와 노래방과 문구점
그 옆에 하루 종일 벌서고 있는 공중전화 부스
바로 그 앞에 서서
들끓는 오늘 하루가 남기고 간
두서 없는 말들을 되새겨보는 시간

머릿속에서 환풍기 돌아가는 소리와 함께
텅 빈 페이지가 일제히 휘날리기 시작하고
갑자기 거리는 전광 불빛으로 붐빈다

판권란에 찍힌 저자의 인장 같은
별 하나
내 이마에 툭 떨어져내린다

깊은 밤 깊은 곳에

깊은 밤 잠자리에 누우면
차갑게 식은 몸에서 비명이 스며나온다
스며나와 방바닥을 가로지른다
내 몸을 떠나가는 저 하루 치의 쓰라림

서서히 모든 집 문지방에서
비명이 새어나온다 새어나와 피처럼 골목을 적신다
때로 웅덩이를 이루고 때로 거품을 일으키며
텅 빈 거리와 광장을 무섭도록 고요하게 흘러가는
비명 소리

낮은 곳으로 더 낮은 곳으로 비명은 모여든다
모이고 모여 마침내 일어선다
일어서서 하늘을 향해 기어오르기 시작한다

비명이 다 빠져나간 몸은
침침한 어둠 속에 가라앉고
지상은 눈부신 달빛 아래 치솟아오르는 비명의 소
용돌이
비명으로 뒤덮인 세상은 참으로 고요하다

단식

물이 몸 밖으로 다 빠져나간 뒤
나는 사막처럼 하얗게 가벼워졌다

이글거리는 햇덩이만
머리 위에서 뜨겁다
낙타처럼 터벅터벅 걷는 길

멀리
신기루로 떠오르는 장작 더미 위의
내 시체

사라지는 책

책을 읽는다
책을 읽어나감에 따라
책이 나를 읽는다
책을 읽을수록 나는 텅 비어가고
책은 글자들로 한없이 부풀어오른다
내가 읽는 책이 나를 읽는 동안
주위는 점점 더 책으로 가득 차고
책에 둘러싸인 채 가쁜 숨 몰아쉬며
나는 쉴새없이 페이지를 넘긴다
내 눈동자가 스쳐지나갈 때마다
백지엔 긴 문장의 띠가 이어지고
내 머릿속에 든 문장이 하나씩 지워진다
부옇게 지워진 문장으로 가득한 머릿속
점점 또렷하게 떠오르는 새로운 책 한 권
책을 닫는 순간
머릿속 책 한 권이 통째로 빠져나간다

툭,
바닥으로 떨어져내리는
텅 빈 해골 하나

나그네는 길에서 쉬기도 한다

빗방울이
풀잎을 적시듯
나는 그렇게 지상을 스쳐지나왔다
내 앞에 열린 길과 내 뒤로 닫힌 길 사이에
저녁은 오고
오지 않는 희망은 잠시 머물기도 한다
누가 나에게
머무는 법을 가르쳐주었지만
나는 다 잊어버렸다 바람의 질서와
구름의 질서 그리고 파도의 질서를 따라
나는 흘러가고 흘러올 뿐

나그네는 길에서 쉬지 않는다

청년 신비주의자의 비애

김주연

붉은 저녁해 창가에 머물며

내게 이제 긴 밤이 찾아온다 하네……

붉은빛으로 내 초라한 방안의 책과 옷가지를 비추며

기나긴 하루의 노역이 끝났다 하네……

놀던 아이들 다 돌아간 다음의 텅 빈 공원 같은

내 마음엔 하루 종일 부우연 먼지만 쌓이고……

소리 없이 사그라드는 저녁빛에 잠겨

나 어디선가 들려오는 울먹임에 귀기울이네……

　시집 첫머리에 실린 「저녁빛」을 읽으면서 잠시 나의 이마는 먼 튀빙겐의 하늘로 무겁게 돌아간다. 네카 강을 끼고 앉아 있는 저 작은 중세적 마을. 생의 절반을 정신을 내어놓은 채 유폐된 시간을 살아야 했던 횔덜린의 쓸쓸한 목소리가 거기서 바람처럼 날아오는 것 같은 착각

이 들어서일까. 남진우의 음성은 그렇게 그와 많이 닮아 있다.

> 도시 주변은 고요하다. 불밝혀진 골목에는 적막이 흐르고
> 횃불로 치장한 마차가 덜렁거리며 사라져간다.
> 사람들은 하루의 기쁨을 만끽한 채 집으로 돌아가며
> 영리한 머리로 득실을 가리면서 집에서 만족스럽게 쉬네.
> 포도가게 꽃가게는 텅 비었고,
> 분주하던 시장은 일손을 놓고 조용하구나.
> 하지만 먼 정원에서 들려오는 현(鉉) 켜는 소리,
> 아마도 사랑을 연주하거나, 아니면 한 외로운 사내가 먼
> 곳의 친구, 혹은 젊은 날을 생각하는 게 아닐까.
> 샘물은 끊임없이 치솟고 향기 뿜는 화단 옆에서 새록새록
> 찰랑이겠지.　　　　　　　—횔덜린, 「빵과 포도주」에서

「빵과 포도주」의 가장 앞부분인데, 횔덜린이 오히려 훨씬 상큼하고 경쾌한 분위기이지만, 전체적으로 두 시는 서로서로 연락되는 그 무엇이 있음이 감지된다. 무엇일까? 슬픔, 그것도 조용한 슬픔이다. 횔덜린의 슬픔은 바로 이 시 「빵과 포도주」 끝부분에서 개탄하고 있듯이 그리스 시대의 신들이 사라져버린 신성 상실의 슬픔이다 (물론 기독교의 신도 부분적으로 함께 포함되며, 이 모든 것을 아우른 슬픔의 결정이 바로 이 작품이다). 그 슬픔은 관념의 이상성 안에서 이루어지는, 다소 현장감이 결여된 것이지만, 관념적 이상주의자였던 시인에게서는 그대

로 현실 그 자체일 수밖에 없었다. 남진우는? 시대와 나라가 다른, 무엇보다 아직도 활발한 시작 활동을 벌이고 있는, 여전히 젊은 시인인 그와 18세기 독일의 횔덜린을 견주어보는 일은 무의미하다고도 할 수 있다. 그러나 시는 언어로 된 공기이며, 우리는 시대와 장소를 넘어 그것을 함께 숨쉰다. 맑은 공기는 맑은 공기대로, 탁한 공기는 탁한 공기대로…… 두 시인은 안개 낀 숲에서 빈집에 앉아 무엇인가, 누군가를 기다리는 것 같은 공통의 공기를 갖고 있다. 하기야 이런 공기를 마시는 사람들이 어찌 이들뿐이랴. 수많은 익명들이 이 같은 공기를 마시고, 그 속을 거닌다. 특히 시인의 이름을 단 많은 남녀들이 그러하다. 남진우는 지금 그 속에서 내 앞으로 걸어나온다. 나는 그런 그를 보면서, 벌써 20년 가까이 시인으로서의 활동을 벌여온 그에 대해 무언가 나 나름대로의 이름을 붙여주어야 하지 않을까 하는 강박을 느낀다.

내가 찾아낸 남진우의 이름은 신비주의자다. 신비주의자를 설명하는 방법은 여러 가지가 있을 수 있을 것이다. 그러나 가장 이견이 적은 길은, 그가 신을 믿으면서도, 그 신이 유일신이 아닌 경우가 가장 대표적이다. 이런 경우는 사실 상당히 많다. 다신론자나 범신론자들이 모두 여기에 속한다고 할 수 있다. 우리의 샤머니즘도 대표적인 신비주의의 하나이다. 그러나 많은 경우 신비주의는 훨씬 막연하게 쓰여지는 것이 사실이다. 신이라고 생각되는 어떤 초월자가 있기는 있는 것 같은데, 꼬집어서 뭐라고 말할 수는 없는…… 사실상 대부분의 시

인들은 이런 의미에서 신비주의자들이다. 남진우의 자리
는 그 가운데쯤 있지 않을까. 그럼에도 불구하고 신비주
의적 색채가 유독 그에게서 강하게 느껴진다면, 그것은
샤머니즘과 같은 토속적 우리 정서와 그가 철저히 무관
한 곳에서 비현실적 신비성을 시의 현실로 붙들고 있기
때문일 것이다. 서구 중세적 모티프에 대한 선호가 무엇
보다 이 사정의 가장 비근한 단서가 된다. 많은 시들에
편재해 있는 그 모습들을 먼저 살펴보자.

> 겨울, 대지의 관이 닫힌다
> 서리 내린 길 위를 허기진 개들이 어슬렁거리고
> 해시계는 더 이상 마을로 가는 길을 가리키지 않는다.
> 죽은 자의 눈꺼풀을 쓸어내리며 다가오는 빙하기의 어둠
> ──「겨울 저녁의 시」에서(이하 고딕체 강조는 필자)

> 영원의 풍경
> ─르네 마그리트를 위하여　　　　──「영원의 풍경」에서

> 항아리 속의 시인
> ─알리바바와 사십 인의 도둑을 위하여
> 　　　　　　　　　　──「항아리 속의 시인」에서

> 족장은 미소짓는다
> 자신의 착한 신민들이 전부 꿇어 엎드려
> 목을 기일게 내밀고 있기에, 지금 막
> 부락을 빠져나가는 바람에 섞인 그윽한 피 냄새

──「족장의 가을 1」에서

흑사병이 번지고 있다
집집마다 불을 끄고 문에 짐승의 피를 칠해야 한다
──「족장의 가을 2」에서

가끔씩 떠오르는
내 마음의 지하 감옥 ──「유적지」에서

해시계, 빙하기, 르네 마그리트, 알리바바, 족장, 신민, 흑사병, 지하 감옥…… 이런 낱말들은 적어도 우리 주변에서 그 실체가 경험되거나 확인될 수 있는 이름들이 아니다. 그것들은 서양 내지 다른 나라들, 그것도 한참 전 중세나 고대의 인명·지명, 혹은 물건이나 현상의 이름들이다. 일견 우리와 아무 상관도 없을 법한 이름들이, 그러나 이 시인의 시에서는 심심찮게 출몰한다. 물론 이런 일이 남진우에게서만 일어나고 있는 것은 아니다. 5, 60년대를 올라가면 이 비슷한 모습의 여러 시인들을 만날 수 있다. 여전한 모습의 김춘수를 포함, 작고한 김수영, 김종삼에게서도 흔히 발견되던 현상이다. 그러나 현존하는, 그것도 이제 마흔 살 안팎의, 여전히 젊은 시인에게서 읽혀진다는 일은 범상치 않다. 우선 무엇보다 그것은 남시인의 상상력이 그의 젊은 나이와 상관없이 5, 60년대적이라는 점을 얼핏 상기시켜주는데, 그것은 아마도 조로 아닌 조숙의 어떤 경지와 체질을 반영하는 것이 아닌가 싶다.

중세적 이미지가 시의 모티프로 작용하곤 한다면, 그
것은 그 연상 속에 시인의 현실이 사로잡혀 있다는 사실
을 말해줄 것이다. 시인 아닌 많은 사람들에게는 비현
실, 심지어는 공상에 지나지 않을 그것들이 시인에게는
가장 지엄한 현실로 자리잡고 있는 것이다. 여기서 우리
는 두 개의 질문을 던지게 된다. 첫째는 중세의 그 무엇
이? 라는 질문이며, 다음으로는 어떻게 거기에 이르는가
하는 질문이다.

이 질문에 대한 해답을 나는 뒤의 것, 즉 시인이 거기
에 이르는 길에 대한 추적으로부터 더듬어보고 싶다. 왜
냐하면 그 길은 비교적 단순하기 때문이다. 그 길은
'책'이다. 독서야말로 남진우가 중세에 이르는, 아니 이
를 수밖에 없는 실제의 현실이다. 그의 많은 시들은 이
사실을 도처에서 확인해주고 있다.

> 그 옛날 난 타오르는 책을 읽었네
> 펼치는 순간 불이 붙어 읽어나가는 동안
> 재가 되어버리는 책을
>
> [······]
>
> 그 옛날 내가 읽은 모든 것은 불이었고
> 그 불 속에서 난 꿈꾸었네 불과 함께 타오르다 불과 함께
> 몰락하는 장엄한 일생을   ——「타오르는 책」에서
>
> 여기 한 그루 책이 있다

책이 덩굴을 내밀어 내 몸을 휘감아오른다
무수한 문장들이 내 몸에 알 수 없는 무늬를 새기며
사방으로 뻗어나간다. 아무리 베어내도
무성하게 자라오르는 책나무

책나무 속에 들어가 눕는다
내 속에 뿌리 뻗은 나무에서 일제히 날아오르는
저 눈부신 새떼   ——「책 읽는 남자」에서

책에서 스며나온 흥건한 핏물이
네 발등을 적시고 네 무릎을 적시고
마침내 네 온몸을 휘감아버릴 때까지
                    ——「공포소설을 읽는 밤」에서

책이 김을 뿜는다
부우연 안개 같은 책무리가 책을 감싼다
사각의 관 속에서
흐느적거리며 솟아오르는 저 망령들

저승에서 마악 돌아온
죽은 저자들이
산 자의 귓가에 은밀한 주문을 속삭인다
책을 버리고 책 저편 아득한 곳으로 자기와 함께 떠나자고
아무리 읽어도 결코 도달할 수 없는
그런 세계로

죽은 저자가 뿜어내는 자욱한 입김을 헤치고
책 속으로 빨려들어가면
메아리처럼 들려오는 산 자들의 아우성

——「비행접시」에서

일찍이 한 철학자는
한 바구니의 책을 앞에 두고 다음과 같이 기도했다
—오늘도 우리에게 일용할 굶주림을 주시옵고

——「도서관에서의 기도」에서

책을 읽는다
책을 읽어나감에 따라
책이 나를 읽는다
책을 읽을수록 나는 텅 비어가고
책은 글자들로 한없이 부풀어오른다

——「사라지는 책」에서

　조용히 시인 자신의 독서 과정을 적고 있는 이 시들은, 차라리 에세이와 같은 산문에 가깝다. 음악성이 거의 배제된 말투와 평이한 설명이 모두 그렇다. 이에 의하면, 남진우는 독서광이다. "펼치는 순간 불이 붙"고, "읽어나가는 동안 / 재가 되어버"리는 것이 그의 책이다. 여기서 불은 책읽기에 대한 열기와 함께 속도를 일컬으리라. 따라서 시인이 그 불과 함께 타오르고 불과 함께 몰락한다는 것은 지극히 자연스럽다. 그러나 책읽기가 가져다주는 이 같은 불의 일생은 내게 니체의 저『이 사람을 보라 *Ecce Homo*』를 연상시킨다. 여기서 잠깐.

> 그렇지, 내가 어디서 왔는지 난 알지!
> 불꽃처럼 게걸스럽게
> 나는 나를 불태우고 소멸시킨다.
> 빛은 내가 잡고 있는 모든 것,
> 재는 내가 놓아버린 모든 것,
> 정말이지 나는 불꽃이라니까!

　사람의 일생을 확 타오른 후, 푹 꺼져버리는 불꽃에 비유한 니체의 이 시는 그의 인간관을 극명하게 드러낸 작품으로 유명하지만, 불의 속성을 통해 불 비유를 일반화시키기도 한다. 그것은 불의 강력함, 그리고 완전한 소멸이다. 역사에 대한 무관심, 전망에 대한 거부라는 이름으로 그 앞뒤를 거두절미해버린다면 다소의 비약이 될까. 어쨌든 그에게는 책만이 세계로서 존재한다. 책은 시인의 "몸을 휘감아오"르며 "아무리 베어내도/무성하게 자라오르는" 나무이다. 급기야 책에서 핏물이 스며나오고, 김까지 뿜어댄다. 이즈음은 인터넷에 함몰된 사이버 세계 속만을 부유하는 가상족들이 있지만, 책 역시 가상 속의 세계다. 시인은 이 가상 속에서, 그 가상에 사로잡혀 꼼짝못한다. 그렇다면 대체 책 속에서 시인이 할 수 있는 일은 무엇일까. 시인 스스로 그 세계를 가리켜 "아무리 읽어도 결코 도달할 수 없는/그런 세계"라고 고백한다. 거기가 어디인가. 꼭 집어서 규정할 수 있는 시대는 아니지만 그곳은 대체로 중세이다. 횔덜린이 그리스 고대를 갈망하듯 구체적이며 명백한 이유를 업은 채 그가 중세를 지향하고 있지는 않지만, 심정적인 그리움의 대상으로 중세적 표상이 막연히 떠오르는 것은 사실이다.

　중세를 그리워하는 한, 시인이 만나기 쉬운 사람은 산 자보다는 죽은 자인 것이 당연하지 않겠는가. 실제로 시인은 "죽은 저자가 뿜어내는 자욱한 입김"에 대해 말하고 있다. 어떻게 보면 남진우의 시는 이 같은 자욱한 입김이라고 할 수 있다. 중세적 분위기를 풍기면서 죽음에 대해 간단없이 말하고 있는 그의 시는 확실히 '자욱한' 어떤 공기에 휩싸여 있다. 그 자욱함은 죽은 저자와의 만남이라는 분명한 사건 이외에 책을 통한 또 다른 만남에 대해 분명하게 밝히고 있지 않음으로 해서 더욱 조성된다. 그렇다면 독서 속을 지나서 시인이 도달한 곳은 어디일까. 그곳은 앞에 인용한 시들 가운데 끝의 두 편이 보여주듯 허무와 책물림이라는 의외의 공간이다. "책을 읽을수록 나는 텅 비어가고," 책을 앞에 두고 "오늘도 우리에게 일용할 굶주림을 주시"라고 기도한다. 여기서의 굶주림은 책을 읽지 않은 상태. 그러니까 책 좀 읽지 않고 살게 해달라는 기도다. "책들이 달려"들지 않게 해달라는 기도이다. 책은 남진우에게 있어서 내부의 불인데, 책을 읽을 때마다 그 내부는 불타오르고, 그 내부는 결국 재가 된다. "책을 읽을수록 나는 텅 비어"갈 수밖에 없는 당연한 이유이다. 그가 연금술사를 그리워하고, 허망할 수밖에 없는 중세 이미지에 매달릴 수밖에 없는 이유이기도 하다.

　널리 알려져 있듯이, 니체의 불로 상징되는 화성론의

세계는 신비주의의 핵심 사상이라고 할 만하다. 세상은, 인간은 물로 이루어졌는가, 불로 이루어졌는가 하는 오랜 싸움에서 많은 사람들은 불 쪽에 서기를 좋아했고, 그것이 문명사 이해의 주류를 형성해왔다. 프로메테우스의 불을 인간 기원설로 믿기 좋아하는 문화, 특히 문학은 창세기의 수성론과 성령설을 짐짓 무시하는 경향이 있다. 특히 불의 엑스터시에 익숙한 신비주의인 샤머니즘을 민족 정서로 쉽게 받아들이는 우리 문학은 불의 문학이라고 불러 무방할 정도로 이쪽에 경사되어 있다. 니체와 후기 구조주의, 그리고 프로이트를 즐겨 현대 문학의 요체로 생각하는, 거의 일방적인 문화적 흐름은 문학의 주요한 재능들을 이쪽으로 몰아가곤 한다. 남진우의 경우도, 이런 큰 관점에서 볼 때 예외는 아니다. 아니, 그 중요한 반열을 이끌고 있는 편에 속한다. 반기독교적 범신론의 큰 틀 속에서 샤머니즘 대신 그리스 신화의 헬레니즘 문화를 알게 모르게 따르고 있는 일련의 시인, 작가들 가운데 그는 비교적 그 기원과 빛깔을 명료하게 보여주고 있다.

사실 그 숫자의 규모로 보거나, 그 화려한 문학적 포즈로 보거나, 저 멀리 헬레니즘 문화에 바탕을 둔 이른바 모더니즘은 우리 문학의 중심부를 장악하고 있다고 해도 지나친 말이 아니다. 특히 많은 문학 청년들에게 문학에 대한 일종의 고정관념 비슷한 것을 만들어주고 있는 것도 사실이다. 감수성—독서—서양 중세—모더니즘으로 이어지는 일종의 자연스러운 고리는, 많은 문학인들이 비록 의식 내지 의도하지 않고 있다 하더라도,

그 뿌리에 이 같은 역사를 갖고 있다. 그 결과 시에 있어서는 언어에 대한 절망과 그로부터 유발된 현학성·난해성이 불가피한 현상으로 대두되고, 소설에 있어서는 서사의 상실과 왜곡이 정당화된다. 두 장르에서 모두 공통된 현상으로 빚어지는 것이 있다면 섹스와 죽음의 문제이다. 그것들은 모두 형이상학 내지 영성을 잃어버린 인간들에게 남겨진 마지막 실체들이기 때문이다. 남겨진 것은 육신뿐 아니겠는가. 섹스와 죽음이 우선 당장은 80년대의 비극적 현실과 세기말의 전망 상실과 관련되지만, 그 깊은 곳에서는 이 같은 사정과 오히려 깊은 관계에 있다는 것이 부인될 수 없을 것이다. 그렇기 때문에 대부분의 모더니즘 문학은 슬플 수밖에 없다. 그러나 훌륭한 여러 모더니스트들은 이 슬픔을 즐기면서, 때로는 공공연하게 자랑스러워한다. 과연 그럴까. 나로서 딱한 것은 바로 이 점이다.

구원을 포기하고 사는 것이 문학의 구원이라면, 넓은 의미에서 그 문학은 센티멘털리즘이라고 나는 생각한다. 어떤 시인은 시 자체의 완벽한 구성과 질서(주로 음악성에 대한 기대이지만)가 바로 구원일 수 있다고 믿는다. 아마도 릴케가 전형적인 예일 것이다. 그래서 그를 실존주의자라고 불렀다. 제법 오래 전의 일이다. 이러한 인식은, 그러나 결정적인 한계가 있다. 무엇보다 그 결론이 너무 슬프다는 것이다. 허무주의와의 벽이 너무 얇기 때문이다. 멋진 문학은 끊임없이 구원의 가능성에 대한 기대를 보여주어야 한다는 믿음을, 따라서 우리는 쉽게 버릴 수 없다.

자, 남진우의 시로 다시 돌아가보자. 그 역시 허무와 슬픔에만 잠겨 있는가. 우선 중세에서 만난 죽은 저자를 통해 본 '죽음'이 일으키고 있는 죽음의 몇 가지 변주는 그의 허무와 슬픔의 위상이 무엇인지 보여준다.

밤
몸 속에 저장된 석탄이 조금씩 녹아내려
바깥으로 새어나온다

납골당처럼 텅 빈
내 두개골에 음울하게 와 부딪는
조종 소리   ──「자정」 전문

기다려라 기다려
내 시선이 머무는 곳 어디서나 달팽이가 웅크리고 있으니
죽음의 습기를 내뿜는 저들이
담장 속으로 스며 사라지기까지
나는 잠자코 지켜볼 뿐   ──「초록 달팽이의 길」에서

죽음은 멀리서 온다
멀리서
아주 먼 곳에서 그는 어둠을 데리고 온다
[……]

죽음은 내 눈을 감기고
내 입을 틀어막고 가냘픈 숨결을 마저 불어 끈다.

차디차게 식어가는 내 몸을 떠매고 이 밤
죽음은 다시 먼 길을 떠나리라
　　　　　　　　　　　　——「멀리 먼 곳에서」에서

물이 몸 밖으로 다 빠져나간 뒤
나는 사막처럼 하얗게 가벼워졌다

이글거리는 햇덩이만
머리 위에서 뜨겁다
낙타처럼 터벅터벅 걷는 길

멀리
신기루로 떠오르는 장작 더미 위의
내 시체　　　　　　　　　　——「단식」전문

　네 편의 시에서 짧은 것은 그 전문을, 긴 것들 가운데
에서는 죽음이 직접적으로 언급된 몇 부분을 인용해보았
다. 무엇을 느낄 수 있는가? 그것은 죽음이 설득력 있게
진술되고 있음에도 불구하고, 그것이 시인의 삶과 그다
지 절실하게 연결되어 있지는 않다는 사실이다. "내 시
체"라는 말로 시적 자아가 된 죽음에 있어서도 그 구체
적인 현실감은 리얼하지 않다. "멀리／신기루로 떠오르
는 장작 더미 위"의 시체이기 때문이다. 이 진술은 남
시인의 죽음의 이미지, 나아가 시 전체 이해의 관건이
되는 부분이다. 시인은 자신이 죽는 것을, 자신의 죽음
을 끊임없이 시 속에서 적고 있지만, 그것은 삶의 강박

이나 요구에서 나온 불가피한 상관물은 아니다. 즉 삶의 현장이나 실체와는 무관하다. 죽음은 '먼' 곳의 일이며, '신기루'로 떠오를 뿐이다. 특히 그 죽음이 "장작 더미 위"에 있다는 말은 의미심장하다. 그것은 불태워지기를 바라는 소멸의 욕망, 저 신비주의 지식의 소산이라는 점을 확실히 해둘 필요가 있다. 죽음은 남진우의 환상과 관념 속에서 진행되고 있는 일종의 지식사회학적 인식과 긴밀하게 결부되어 있는 것이다. 죽음이 멀리서 온다는 진술의 반복을 주목하라. 따라서 그 죽음은 시인의 가슴이나 배, 혹은 성적 욕망과 같은 직접적인 육체에 겨냥되어 있지 않고 "두개골에 음울하게 와 부딪"다. 죽음의 지적 수용이라고 할까.

그러나 죽음이 환상과 관념 안에서 인식된다고 해서, 시인의 시적 현실에 노상 '밖의 관념'으로만 머물고 있는 것은 아니다. 이와 관련해서 「초록 달팽이의 길」이 세심하게 읽혀져 좋을 것이다. 초록 달팽이를 "잠자코 지켜"보다가 이윽고 초록 달팽이가 된 것 같은 동일화 착각에 빠진 시인. 거기서 그는 자신의 삶을 향해서도, 죽음을 향해서도 웅크리고 있는 달팽이가 아닐까 생각해본다.

> 붉게 익은 벽돌담을 초록빛으로 덮으며
> 담쟁이덩굴이
> 나의 기억 속으로 밀려들어온다.
> 내 입 안에 식도에 뱃속에 가득 찬 달팽이
> 무리지어 식탁에 오르고 잠자리에 기어드는

담쟁이덩굴과 달팽이가 서로 번갈아 만들어가고 있는 이미지는 '기어듦'과 '휘감음'이다. 그것들은 혹은 안에서, 혹은 밖에서 얽혀드는데, 근본적으로는 달팽이나 담쟁이 모습 자체가 보여주는 정중동(靜中動), 혹은 동중정(動中靜)의 그림이다. 시인은 그 그림 속에서 자신의 모습을 본다. 그런데 그들을 가리켜 "죽음의 습기를 내뿜는 저들"이라고 말하는 것은 다소 뜻밖이다. 그들의 절묘한 움직임을 생동감 아닌 "무성한 초록빛 암세포"라고 말하고 있는데, 여기에는 그야말로 죽음을 향한 시인의 기묘한 동경이 거의 무의식적으로 숨어 있는 느낌이다. 생명의 어떤 원초적인 색깔 속에서 오히려 죽음을 발견하는, 특이한 두뇌의 연상 작용이라고 할까. 시인에게 있어서 죽음은 더 이상 부정(否定)의 세계가 아닌 모양이다.

> 붉은 벽돌담 위로 번져가는
> 저 무성한 초록빛 암세포 무더운 여름의
> 무서운 초록

죽음이 이 세속의 세계에 대한 부정이라면 시인은 마땅히 이 세계를 벗어나야 할 것이다. 기독교의 신을 지향하지 않으면서도 이 세계를 '지상'으로 규정하고 그 너머의 땅을 막연히 예감하는 그의 슬픔은 결국 이 같은 유래를 갖는다.

지상의 마지막 밤까지 걸어와
오늘 내 앞에 선 그대여
그 눈빛 그대로 나를 바라보아다오
                            ——「차가운 눈」에서

비명이 다 빠져나간 몸은
침침한 어둠 속에 가라앉고
지상은 눈부신 달빛 아래 치솟아오르는 비명의 소용돌이
비명으로 뒤덮인 세상은 참으로 고요하다.
                        ——「깊은 밤 깊은 곳에」에서

보라, 그의 뿔이 말해주는 것을
그는 이제 지상에 있지 않다
저 은하계 저편 별과 별 사이
짧은 뿔을 흔들며 나아가고 있다
                        ——「은빛 달팽이의 추적」에서

　　자못 경건한 느낌마저 자아내는 시인의 '지상'은 창세
기 이래 우리 인류가 온갖 죄악과 더불어 살아온 세상이
다. 그의 '지상'은 그렇다. 앞의 인용 첫째, 둘째 부분
모두 그런 의미에서 시인의 세계 인식이 매우 신학적이
며, 상상력 또한 인류학적이라는 지적을 받을 만하다.
그러나 종말론적 세계관을 동반한 다음 나타나는 어떤
새로운 세계에 대한 비전을 꿈꾸는 것은 아니다. 그의
관심은 이 세상에 대한 비관론에 깊이 침윤되어 있고,
이 세상을 넘어서는 "저 은하계 저편 별과 별 사이"를

바라다볼 뿐이다. 그 인식과 관찰은 슬프지만 바로 그 지상과 별 사이에 시가 있다. 그의 신학은, 말하자면 기독교적 세계 인식에는 이르지 않는다.

> 오래 연옥의 시절을 맞아
> 스스로를 태우고 있는 담쟁이 넝쿨
> 비를 맞아도 꺼지지 않는 불길이
> 슬프게 타오르고 있다   —「화려한 유적」에서

지상은 곧 연옥이다. 책 속에 묻힌 그리움의 시인은 불이지만, 연옥은 어차피 불길. 담쟁이 넝쿨도 스스로 타오를 수밖에 없다. 그나마 "짧은 뿔을 흔들며" 별과 별 사이로 나아가고 있는 달팽이 시인을 바라보는 우리의 심정은 조마조마한 대로 행복하다. 달팽이 대신 새 한 마리로 환치된 시적 자아에서 느끼게 되는 불안한 충만과 더불어 그 행복은 어느 순간 시인의 행복이 되어야 하리라.

> 새 한 마리
> 내 머릿속에서 노래부르고 있다
> 그만둬! 닥치라니까! 아무리 고함쳐도
> 매일 낮 매일 밤 내 머릿속 그 자리에서
> 잎사귀를 젖히고 가지를 건너뛰며 노래하는
> 새 한 마리   —「새」에서

새가 사나워지는 것은

내 피가 점점 뜨거워지기 때문이다

새가
하늘 높이 솟아오를수록
내 피는 조금씩 말라간다 이윽고
새가 내 시선을 끊어버린 채
허공 깊숙이 증발해버리면

나는 내 피의 넝쿨 가득히
환한 죽음을 꽃피운다   ——「정오」전문

　달팽이가 정중동의 시적 자아라면, 새는 격렬한 비상의 시적 자아이다. 시인은 달팽이를 연민과 동행의 감정으로 관찰하지만, 새에게서는 불화와 불안의 감정을 느낀다. 세계가 부정될 때 하늘로 날아야 하리라는 전통적인 서정은 시인의 마음을 차라리 불편하게 하는 것이 틀림없다. 시가 노래라는 오래된 관습도 그에게는 머리로만 익혀질 뿐 자연스러운 몸짓이 되지 않는다. 때론 그같은 관습이 그리워질 때도 없지 않으나, 어디까지나 "머릿속 그 자리"에서일 뿐이다. 문득 세상을 차고 오르는 새의 능력에 대한 욕구가 시인에게 강하게 전달될 때 얻어지는 것도, 비상의 가벼운 힘과 초월의 기쁨 아닌 '증발되어버린' 새로부터 남겨진 유리감이다. 새는 결국 그를 사납게 할 따름이다. 새가 사나워진다고 하는 것은, 날아가버린 새로 인해 생겨난 절망감의 확인이 가져다주는 시인 자신의 사나워짐이다. 마침내 그는 새가 될

수 없음을 깨닫는다. "환한 죽음의 꽃피움"이라는, 또 다른 죽음의 체험을 느끼게 되는 것은 이 까닭이다. 새처럼 날 수 없고, 그 대신 달팽이처럼 꿈틀거리며 나아갈 수밖에 없는 슬픔. 그 우주적 슬픔에 나는 '비애'라는 낱말을 쓰겠다. 그 말 속에는 운명적, 이라는 뜻이 보다 진하게 숨어 있을 것이다. 또한 그 엄청난 우주의 거리에 스스로 '나그네'라는 표현을 쓴 시인 남진우는 결국 영원한 청년일 수밖에 없다. 그도 그럴 것이, 육신의 진화에 무심한 채 그 거리에 머물러 있기 때문이다. '청년 신비주의자의 비애'라는 나의 명명은 대략 이상과 같은 분석이 낳은 이름이다. ▨